Jaqueline Conte

OS JORNAIS
DE GERALDINE

Curitiba
2019

CAPA, ILUSTRAÇÕES E PROJETO GRÁFICO **FREDE TIZZOT**

ENCADERNAÇÃO **PATRICIA JAREMTCHUK**

C 761
Conte, Jaqueline
Os Jornais de Geraldine / Jacqueline Conte. – Curitiba : Arte & Letra, 2019.

60 p.

ISBN 978-85-7162-004-9

1. Literatura infantojuvenil   I. Título

                                                      CDD   028.5

Índice para catálogo sistemático:
1. Literatura infantojuvenil   028.5

CAJARANA
Curitiba - PR - Brasil
Fone: (41) 3223-5302
www.arteeletra.com.br - contato@arteeletra.com.br

Jaqueline Conte

OS JORNAIS DE GERALDINE

Curitiba
2019

OS JORNAIS DE GERALDINE

O CADERNINHO AZUL

Todo início de tarde era assim: depois de voltar da escola e almoçar, Geraldine corria para o antigo cesto de vime onde ficava o jornal do dia. Com o calhamaço de papel no colo, já suficientemente bagunçado pela leitura matutina feita pelo pai, ela manuseava com agilidade as grandes páginas, sempre em busca da mesma seção, o Obituário.

Lá, onde aparece a lista das pessoas da cidade que morreram no dia anterior, a menina procurava os nomes mais interessantes e os anotava com letra bem redondinha em um caderninho azul turquesa, sem linhas.

Todo mundo achava estranho o hábito da menina.

— Credo, Ivonete, a Geraldine está obcecada por esses nomes! Eu falo pro pai dela que ele tem que pedir pra mudar de setor na Prefeitura. Essa história de ser administrador de cemitério não está fazendo bem pra cabeça da menina — dizia tia Júlia à moça que cuidava da casa e de Geraldine, durante a tarde.

– É, dona Júlia, depois que o seu Arnaldo contou pra ela que os nomes de quem ia parar no cemitério eram publicados no jornal, ela não para mais com esse rasga-rasga-folha. Todo dia, arranca página daquele jornal e escreve um montão de nomes naquele caderninho. Valha-me, Deus, que não sei mais o que fazer! – reclamava Ivonete.

Mas Geraldine não se importava com o que pensavam. Seguia na sua pesquisa diária, colecionando folhas de jornal e anotando os nomes que lhe despertavam maior curiosidade; nomes que, a partir de então, pertenceriam a ela e a seu inseparável caderninho azul.

Naquela semana, já havia reunido mais de uma dezena de nomes. Seis deles, Gleusa, Ataxerxes, Rízia, Preciosa, Írio e Ambrosia, anotou só na segunda-feira – ela não sabia por quê, mas ouviu seu pai dizer que o obituário era mesmo mais recheado às segundas. Na terça, escolheu Uzulita, Elizama e Adalgiso. Na quarta, ficou maravilhada em encontrar Normando e registrou-o rapidamente no caderninho, logo abaixo de Eudóxia e Ananias. E assim ia Geraldine, no seu turismo de nomes.

Ao contrário das mulheres da casa, o pai não se preocupava muito com os jornais de Geraldine, porque, para ele, conviver com a ideia de que pessoas morrem todos os dias era mais do que normal. No Cemitério Municipal São Bonifácio, a média era de 41 enterros por mês. "É a vida" – ele sempre dizia. "A morte é a vida falando pros vivos aproveitarem seu tempo."

Arnaldo até gostava de seu trabalho. Tirava tudo de letra. Quem passava a morar no cemitério apenas virava um número a mais no seu relatório de administração. Com os mortos sabia lidar. O mais complicado era atender os familiares e amigos que tinham perdido pessoas queridas. Isso era sempre difícil, porque cada um que ia parar no São Bonifácio tinha vivido uma história que deixava saudades. E de saudades Arnaldo entendia.

O pai só não sabia direito por que Geraldine gostava tanto de anotar aqueles nomes e o que ela pretendia fazer com aquilo. Naquela mesma noite, ele resolveu, enfim, perguntar.

Após o jantar, quando sua irmã Júlia já tinha ido para o quarto e ele ainda comia um saboroso pêssego amarelo, sentou-se ao lado da filha e puxou papo:

– Geraldine, você viu o jornal de hoje?

– Sim, papai.

– E que nomes anotou?

– Hoje? Só Udo.

– Udo? Posso saber o que a minha menina pretende fazer com tantos nomes?

– Dar vida a eles – falou de pronto.

– Cof, coooof – engasgou-se o pai, cuspindo parte da fruta que comia de sobremesa. – Como assim, dar vida a eles?

– Ah... sei lá, escrever histórias sobre eles, inventar.

– Uffff! – pensou aliviado, lembrando do gosto da filha pela escrita e de sua facilidade com a gramática; um português impecável que já havia rendido à garota duas medalhas em concursos de redação. – E você já escreveu alguma história? – emendou.

– Não. Ainda não sei o que escrever... Você pode me ajudar?

O pai congelou por um segundo. Mas o convite inusitado da filha logo iluminou "a minhoca do pensamento" de Arnaldo (era assim como Geraldine costumava falar quando se empolgava com alguma coisa e sua cabeça se enchia de ideias).

– Huuuuum... Ok. Começamos nosso projeto amanhã!

NOITE UM

Naquele dia, Geraldine acordou animada. Foi à escola, mas não conseguiu prestar atenção nem na aula de português. Na de matemática, então, voou longe e voltou das nuvens um sem-número de vezes, enquanto a professora discursava sobre frações e porcentagens. Queria mesmo é que chegasse a noite para que pudesse conhecer o tal "projeto" imaginado pelo pai. Dúvidas pululavam na cabeça da menina. Em que ele estaria pensando? Como ele iria ajudá-la a transportar sua coleção de nomes para dentro de histórias?

Chegou em casa e engoliu o almoço, sob protestos da tia.

— Você nem mastiga, menina! Pra quê tanta pressa?

— Nada, tia. Já estou satisfeita — e saiu correndo da mesa, antes que Júlia, que era nutricionista, começasse seu discurso sobre a necessidade de uma boa mastigação para a correta absorção dos nutrientes.

Foi direto para o cesto de vime, garimpar mais alguns nomes. Destacou a página do obituário; anotou, anotou; e correu para o quarto, onde ficou a tarde toda adiando a tarefa de matemática, às voltas com suas ideias e seu caderninho azul.

*

— Geraldiiiiine, seu pai chegou — gritou Ivonete, como fazia todos os dias, ao ouvir o carro de Arnaldo estacionar.

A menina pulou da cama. Tinha tirado uma soneca e acordou assustada. Lavou o rosto e foi ligeiro ao encontro do pai.

— Papai, vamos começar nosso projeto?

Depois de fazê-la segurar um pouco mais a ansiedade e jantar sem pressa em sua companhia, finalmente veio o comando:

— Vamos lá, filha!

Sentaram-se na sala e o pai pediu para que ela lesse os nomes da sua coleção.

– Todos? – perguntou a menina. Naquela altura, já eram quase 300 nomes, resultado de meses a fio de intenso trabalho.

– Leia os que você gostaria de usar nos próximos dias – reconsiderou Arnaldo.

Geraldine passou os olhos no caderninho, folheou, folheou, e disse apenas um.

– Astolfo. Queria começar com o Astolfo.

– E quem é o Astolfo? – indagou o pai.

A filha logo percebeu a estratégia e entrou no clima:

– Astolfo é aposentado.

– Onde ele trabalhava antes de se aposentar?

– Na empresa de telefonia.

– O que ele fazia lá?

– Contratava e mandava embora as pessoas.

– E o que ele faz hoje?

– Ah... É um chato.

– Hahaha. Como assim, um chato? – e a menina começou a falar e falar e falar... tal qual Emília depois de tomar a pílula falante. O pai ouviu, ouviu e ouviu, e depois disse:

— Agora escreva. Amanhã cedo quero que você me entregue a sua história, antes de eu ir pro trabalho, ok? Ah, e não fale nada pra ninguém. É um segredo nosso.

A menina ficou ainda mais empolgada. Tinha tudo na cabeça e ainda estava autorizada a ficar escrevendo até tarde! Sentia como se estivesse fazendo daninheza; como se desobedecesse a tia, que ralhava com ela sempre que se deitava depois das dez da noite. Sorriu satisfeita. Era segredo. E ela estava adorando tudo aquilo.

*

Quando o pai acordou, havia uma folha debaixo da porta do quarto.

A HISTÓRIA DE ASTOLFO

No jardim do seu Astolfo havia um pé de romã. Era uma árvore cheia de galhos e folhas verdinhas, lotadinha da fruta redonda e brilhante. Uma lindeza só, que chamava a atenção da vizinhança.

Era até engraçado ver as pessoas que passavam pela calçada. Elas viam a árvore e, conforme andavam, iam girando a cabeça para trás, sem desgrudar os olhos das frutas hipnotizantes. Algumas até voltavam, para ter certeza do que viam, com a boca cheia d'água, de vontade de experimentar a gostosura.

Isso até verem a placa. Aquela terrível, mal-educada e odiosa placa, que parecia gritar: "NÃO PEÇAM ROMÃ!".

Ninguém entendia o porquê daquela placa, escrita em letra tremida. As frutas, madurinhas, caíam no chão ou eram bicadas pelos passarinhos. Ninguém jamais havia visto um ser humano comendo umazinha que fosse.

Mas eu sabia o motivo. Ou pelo menos achava que sim. A vizinha do vizinho da irmã do seu Astolfo tinha contado para a minha avó que, antes de se aposentar, o velhinho – que já tinha fama de chato – tinha trabalhado por 20 anos na empresa telefônica. Seu serviço era contratar e demitir pessoas.

Vai ver foi isso. Ele gostava mais de demitir do que de contratar. E sentia falta do trabalho.

Aí, resolveu demitir os vizinhos.

NOITE DOIS

Já eram sete horas da noite e Arnaldo ainda não tinha chegado do trabalho. Geraldine não se aguentava.

— Onde tá o papai, Ivonete?

— Não sei, não, Geraldine. Ele não avisou nada. Tô até preocupada. Bem hoje que sua tia tem ginástica.

A angústia não durou tanto; o pai chegou logo em seguida, pediu desculpas pela demora e entregou um pacotinho à menina.

— Pra você, filha.

Era uma caneta de tubo furta-cor, bem diferente de qualquer outra que Geraldine já tivesse visto.

O pai abaixou-se na altura do ouvido da filha e falou em cochicho:

— Esta é uma caneta especial. A tinta dela é mágica. Só pode ser vista com esta luzinha aqui. É só apertar esse pino da tampa. Também comprei uma pra mim, pra poder ler suas histórias. Nosso projeto supersecreto será ainda mais secreto.

Geraldine vibrou. Poderia escrever sem se preocupar com possíveis críticas da tia ou com a curiosidade da Ivonete. Elas não enxergariam nada, mesmo que vissem os papéis.

*

Como de costume (um novo costume), depois do jantar os dois se acomodaram para mais um papo. O pai comentou sobre a história de Astolfo e devolveu a ela o papel. Riram muito da criatividade da menina e ficaram imaginando o que Astolfo faria em outras situações. Mas Arnaldo queria cutucar ainda mais a tal minhoca do pensamento da filha.

– O que temos pra hoje? – perguntou.

– Pensei na Ambrosia ou na Rízia.

– É Ambrosia ou Ambrósia? Nunca conheci uma Ambrosia, mas Ambrósia é um nome antigo que já vi por aí. Acho que sua avó Joana tinha uma amiga com esse nome. Ambrosia é nome de doce, um doce com ovos que tia Cidinha fazia muito bem.

— Deve ser legal ter nome de doce. A minha Ambrósia vai se chamar Ambrosia. Pronto.

— E que tal a Ambrosia? Como ela é?

— Tão doce que gruda.

O BOLO DA DONA AMBROSIA

Dona Ambrosia era assim: não era alta nem baixa, não era legal nem chata, não era bonita nem feia, não era muito inteligente nem burra. Mas era amorosa e... grudenta.

Quando chegávamos na casa dela, era aquela beijação. "Ai que linda a menina! Como cresceu! Vem cá dar um beijo na tia!" – e abraçava apertado, com aquele cheiro de perfume de tia, que sempre me deixava enjoada. Beijava molhado a minha bochecha – ai que nojo – e oferecia sempre aquela bala de banana que comprava na distribuidora do seu Zé Augusto, em pacotes de dois quilos. Meus pais me deram educação, mas a minha vontade mesmo era de gritar: "quantas vezes eu tenho que dizer que odeio bala de bananaaaaaa!"; mas guardava as benditas no bolso, e elas sempre tinham o mesmo fim, viravam meleca doce, porque eu sempre as esquecia na calça.

Para os adultos, ela oferecia café. Papai dizia que tinha tanto açúcar que ele saía de lá com a boca grudada. Depois, vinha com um prato redondo, coberto com uma toalhinha de flores. Sempre a mesma toalha; sempre a mesma frase: "Vem pra cá que a tia vai te dar um pedaço de bolo. Acabei de tirar do forno!". Por que as pessoas adultas, especialmente as mulheres, têm essa mania irritante de se referir a elas mesmas como "tia"? "A 'tia' vai te dar isso"… "vem com a 'tia'"… "a 'tia' quer saber se você está indo bem na escola"…

A sorte da dona Ambrosia – ou a minha sorte – é que ela fazia doces maravilhosos. Seu bolo de cenoura com cobertura de chocolate era tão bom, tão bom, que um dia comi cinco pedaços. Minha mãe ficou com vergonha. Eu? Eu tive uma bela dor de barriga.

NOITE TRÊS

Geraldine andava meio cansada, porque estava dormindo tarde e acordando cedo para ir à escola (não sem antes, e sorrateiramente, deixar a nova história embaixo da porta do quarto do pai, em algum momento em que a tia não estivesse por perto).

Antes de sair de casa, recolhia os papéis da escrivaninha, para que não ficasse nenhum vestígio da "escrevelância" da noite anterior, e guardava a caneta mágica numa caixinha especial, na gaveta do criado-mudo.

Aliás, a tal caneta de tinta invisível não era lá a melhor coisa do mundo para se escrever. Não era nada confortável. Enquanto uma mão escrevia loucamente, para dar conta da imaginação que fluía como nunca naqueles dias mágicos, a outra mão tinha que ficar apertando a tampa da caneta para que a luz especial iluminasse o papel e a menina pudesse enxergar seus escritos. Mas isso não era empecilho para uma tarefa tão importante. Ela estava muito empolgada com a missão e, o pai, orgulhosíssimo do trabalho que ela vinha fazendo – conforme lhe confessou naquela noite, depois de comentar sobre a dona Ambrosia e sobre uma senhora bem parecida, que conheceu quando tinha sete ou oito anos.

– Parece que você tirou a dona Ambrosia de dentro da minha memória de infância! – disse o pai. – Você está fazendo um ótimo trabalho! Mas me diga, filha, que tal hoje falar sobre a Pulquéria?!

– Pulquéria? – estranhou. – Mas não tem esse nome no meu caderninho!

– Pulquéria, mais especificamente Pulquéria Encerrabodes, era o nome da avó da Dona Benta. Se não me engano, é no livro "O Minotauro" que Monteiro Lobato fala isso. Li quando era pequeno e agora, falando todo dia sobre nomes próprios, me lembrei desse detalhe. Na época, cheguei a pesquisar a origem. Parece que tem até uma imperatriz ou uma santa com esse nome.

– A santa que me desculpe, mas esse nome me lembra pulga.

— Pulga? Hahaha. Sério? E isso pode te ajudar no texto?

— Hummm... talvez. Mas acho que tenho outra ideia...

Nessa altura do diálogo, a tia entrou na sala e não se segurou. Há dias observava de longe as animadas sessões de conversa, numa rotina bem diferente da que reinava na casa até então. Antes, Arnaldo e Geraldine sempre tiravam a mesa do jantar e dividiam com Júlia a tarefa de lavar a louça e ajeitar a cozinha. Então, pai e filha se sentavam em frente à TV. Ele assistia ao jornal, enquanto a filha lia (impressionante a concentração da menina quando pegava um livro interessante!). Mas naqueles dias tinha sido diferente. A tia era "abandonada" na cozinha, enquanto, na sala, os dois não paravam de conversar; um fala-fala que Júlia não conseguia ouvir por causa do barulho da torneira e do vai e vem das louças na pia.

Ela entrou devagar, com o pano de prato sobre o ombro esquerdo, e perguntou:

— O que tanto vocês conversam, toda noite, com tanta animação?

Pai e filha se olharam. "Aaaaah, não! Ninguém ia descobrir o segredo deles!" – pensou a menina.

— Ah, tia, é que eu tenho que fazer um projeto pra escola e o papai está me ajudando.

Arnaldo disfarçou. Só faltou assobiar e olhar para cima. Não era lá muito bom em esconder coisas. Ainda mais da sua irmã mais velha, que o conhecia tão bem.

O ESTOQUE DE PULQUÉRIA

Um dia, na fila do supermercado, ouvi um senhor contando para a mulher dele como era feito o registro de nascimento dos recém-nascidos. No meio da conversa, ele disse que o funcionário do cartório que faz o documento pode se recusar a registrar um nome que considere esquisito. Mas acho que esse não foi o caso do cidadão que registrou Pulquéria. Que nome mais estranho e... antigo!

Ela nem era tão velha não, devia ter seus 35 anos. Mas o senhor funcionário do cartório devia estar com sono e não impediu tamanha falta de juízo. Pode até ser que em outro lugar esse nome seja comum, sei lá, mas aqui não me parece um nome "registrável".

Pulquéria tinha um costume. Ela gostava de capturar sorrisos.

Sabe quando uma pessoa está andando na rua e, de repente, brota um sorriso no seu rosto? Às vezes, logo que olha no celular, ou só porque se lembra de alguma coisa? Pois é. Pulquéria gostava de pegar esses escapes de felicidade. Na verdade, ela se alimentava disso. Os sorrisos dos outros enchiam sua reserva diária de felicidade. Sabe, no joguinho, quando a gente tem que reabastecer o bichinho com alimento ou com brincadeiras? É isso. Os sorrisos ambulantes a reabasteciam.

Pulquéria era movida a sorrisos. Sorrisos escapulidos.

NOITE QUATRO

Apenas começava o quarto dia do "projeto" e Geraldine já tinha entrado na mira da tia e da Ivonete, duas águias, sempre atentas a qualquer novidade e à menor traquinagem.

Como sempre, a menina almoçou, recortou o seu jornal, anotou mais dois ou três nomes, e foi para o quarto estudar. Achou muito estranho quando viu que as folhas guardadas na escrivaninha estavam de ponta-cabeça. Alguém tinha mexido na sua gaveta. "Será que tia Júlia desconfiou?" – pensou, aflita.

Como a tia só chegava no finzinho da tarde, Geraldine foi sondar Ivonete. Fingiu que estava procurando alguma coisa.

– Ivonete, você viu um lápis roxo que eu guardava na gaveta da minha escrivaninha?

– Vi nada não. Faz tempo que nem abro aquela gaveta.

"Ufa!" – pensou a menina. "Uma a menos pra bisbilhotar. Mas isso só confirma que a tia está na minha cola".

Dito e feito. Às 6 horas em ponto, Júlia chegou, dispensou Ivonete, e veio dar um beijo em Geraldine. Um beijo com pergunta.

– Geraldine, por que você guarda tanto papel amassado na sua gaveta?

– Pa...pa...pel amassado? – gaguejou, enquanto mil coisas lhe passavam pela cabeça, na firme intenção de não deixar a tia saber de seu projeto secreto.

– Sim, papel em branco, novo, mas mal cuidado, com orelha. Você tem que ter mais cuidado, Geraldine. Dinheiro não dá em árvore, não. Tem que cuidar das suas coisas.

"Uuufa!" – pensou. Geraldine viu que a tia estava atenta, mas que não tinha percebido que os papéis estavam cheios de histórias.

– Ah, tia, desculpa. É que aqueles papéis caíram do pacote... eu até pisei em um, mas deixei pra usar de rascunho e não desperdiçar.

– Ah, ok, então. Mas preste mais atenção nas suas coisas! E aquela caneta bonita que está no seu criado-mudo? Não conhecia aquela. Você ganhou?

"Aimeudeus, aimeudeus, aimeudeus" – pensou a menina, já achando que estava tudo perdido. Pinçou o que veio ao cérebro e disse num fôlego só:

– Ah, sim. Ganhei do papai outro dia. Mas é uma caneta especial, que eu vou usar só de vez em quando, tá, tia? Por favor, não use porque quero economizar pra ela não acabar.

– Ok. Não se preocupe. Não vou usá-la, Geraldine – disse Júlia, com um meio sorriso. – Agora, vamos pra cozinha!

E a menina respirou aliviada.

*

Arnaldo chegou, jantaram os três, e o pai se adiantou em arrumar a cozinha para evitar novas perguntas. Geraldine, ansiosa, também ajudou, mas quase quebrou um copo, na pressa de terminar logo o trabalho e começar a conversa noturna com o pai. Enfim, a tia se recolheu ao quarto.

— Barra limpa, papai!

— E quem tá na área agora, Geraldine?

— Um nome que anotei hoje.

— Qual?

— Atanásio.

— Atanásio? Hahaha. Fui longe agora!

— Por quê?

— Lembrei de "ata" e de "naso".

Geraldine ficou na mesma.

— Ata é um dos nomes que dão ao que conhecemos aqui como fruta do conde, uma espécie de pinha. Você se lembra? Tinha um pé na casa da vó Marta.

— Sim, eu me lembro. Lembro que a fruta era esquisita e não tinha muito gosto. Não gostei dela não. Mas era legal ver a vovó abrir a tal pinhazinha.

— Pois é. E naso é nariz em italiano.

— Atanásio, um cara sem graça e narigudo. Legal. Acho que dá um bom personagem.

– Que bacana, filha. Tá vendo? Você nem precisa da minha ajuda. Sua perspicácia não tem fim.

Geradine lembrou-se da tia.

– Papai, a tia Júlia tá mesmo desconfiada. Revirou as minhas gavetas hoje. Sorte que você me deu aquela caneta especial e ninguém se liga de que tem textos escritos nos papéis.

– Que bom que ela não descobriu o nosso segredo.

– Papai, escrever é ter uma vida secreta. Por dentro. Obrigada.

O NASO DO ATANÁSIO

Atanásio era assim... meio sem graça. Na verdade, era tão sem graça que dava dó.

Vestia-se sempre de bege, tinha uma pele bege, falava baixo, expressava-se mal e andava de um modo... bege.

Passaria sempre despercebido, não fosse um pequeno detalhe, quer dizer, um grande detalhe: seu nariz.

O nariz de Atanásio, sim, tinha personalidade. Era alto e imponente. Saía decidido já dos entreolhos e crescia todo cheio de razão, estendendo-se por uns bons centímetros. Arejado, nunca havia sofrido com sinusite ou qualquer outra inflamação. Era uma verdadeira máquina de respirar! Sentia todos os aromas com precisão e exercia com competência sua função respirística. O naso do Atanásio, meus amigos, era simplesmente perfeito.

Atanásio tinha muito a aprender com o seu nariz.

E um belo dia aprendeu.

Foi num dia de sol quase laranja, em que ele saiu com todo o seu bege pela rua do bairro. Ali caiu a ficha. Percebeu que aquela parte de seu ser era o que todos notavam e entendeu o quão especial era seu órgão respirador. Então, resolveu assumir a personalidade do nariz.

Decidido, saudável, eficiente. Foi assim que ele passou a ser visto.

Vestia-se cada dia de um novo modo, em cores, tons e sobretons; sua pele ganhou ares rosados; sua fala era marcante; seguia sempre a passos firmes.

Atanásio, agora, era o dono do seu nariz.

NOITE, OU MELHOR, DIA CINCO

    Era sábado e Geraldine não podia estar mais feliz. Seu pai tinha prometido que fariam um piquenique no Bosque do Peri. Só ela e ele. Aquele era o dia da semana que a tia reservava para cultivar o bem-estar: salão de beleza, massagem com a Dona Neusa, shopping com direito a horas despreocupadas na livraria e, à noite, saidinha com os amigos.

    A menina se sentia livre como nunca.

    E fizeram tudo como mandava o figurino: separaram a cesta de vime, a toalha xadrez, pratinhos, copos, talheres, o bolo formigueiro que Ivonete tinha preparado na véspera, sanduíches de peito de peru e mussarela, água, suco de uva e um pote plástico grande, cheio das frutas favoritas da menina: morango, ameixa e banana. Também pegaram livros e o baralho do jogo de mico.

    No bosque, sempre muito movimentado aos sábados, escolheram um local com grama verdinha, um pouco afastado do burburinho. Estenderam a toalha, arrumaram as guloseimas e adiantaram a conversa noturna.

— Filha, adorei a história do Atanásio. Ele assumiu a personalidade do nariz. Genial! Um viva pro Senhor Nariz! — e levantou um brinde com suco de uva.

— Pai, hoje eu queria falar da Balbina. A Balbina do jornal era cozinheira e fiquei pensando que essa também poderia ser uma boa profissão pra minha personagem.

— Seria sim. Eu considero o cozinheiro uma espécie de mágico, que consegue tirar sabores maravilhosos de ingredientes muitas vezes muito simples. Quando eu era pequeno, ficava vendo a minha mãe fazer pão. Era só farinha, água, fermento e sal, mas o suficiente pra mágica acontecer. Ainda fora do forno, na tigela funda que a vó Marta usava, coberta por um pano grosso, aquela mistura crescia, crescia, até quase transbordar; depois, com a temperatura do forno a lenha, aumentava ainda mais e trazia junto aquele aroma maravilhoso... Ah, que saudade daquele cheiro de pão quentinho... Que delícia! Pena que a vó não consegue mais cozinhar. Era tanta coisa boa que ela fazia, principalmente...

– ...as receitas mineiras! – completou Geraldine.

– Sim. As receitas mineiras que ela aprendeu com a sua bisa. Ninguém conseguia fazer igual!

A minhoca da menina pulou!

– Sabe, papai, isso me deu uma ideia. Posso escrever agora em vez de fazer à noite?

– Claro!

E Geraldine, que não tinha se esquecido da caneta, nem do papel, escreveu em letras bem desenhadas mais uma de suas histórias.

AS RECEITAS DE BALBINA

Balbina era sinônimo de comida boa. Cozinheira desde que se conhecia por gente, seu tempero era coisa de outro mundo: canjiquinha com costelinha, tutu de feijão, frango com quiabo, mané pelado, mineiro de botas; difícil dizer o que aquela senhorinha de mãos pequenas e braços fortes fazia melhor.

Todos queriam saber como se fazia aquelas delícias. Quando alguém lhe perguntava a receita, a resposta era sempre a mesma: "é bem facinha, minha filha, bem facinha". E explicava com a maior boa vontade.

Fato era que ninguém, nunca, conseguia fazer o prato ficar tão bom. "Você não fez direito, Ditinha, eu te expliquei" – dizia ela a dona Dita ou a qualquer outra pessoa que viesse reclamar do fiasco de alguma receita.

Um dia, sem que Balbina percebesse, uma de suas cunhadas ficou escondida atrás do batente da janela da cozinha, protegida por uma fina cortina que lhe permitia ver todos os detalhes do prato que ela estava preparando. Era a mesma receita que a cunhada tinha aprendido com ela, dias antes, mas que tinha resultado numa gororoba tão grande que ninguém da casa havia conseguido comer.

De repente, o mistério se revelou.

A danada da Balbina não apenas dava as medidas erradas como também escondia um ou outro ingrediente.

"Sua trapaceira! Me deu receita embaralhada!" – gritou da janela a cunhada, quando percebeu o embuste.

Balbina caiu de susto. Espatifou-se de costas, bem em cima do rabo do gato. O bichano berrou e saiu em disparada. Ela sorriu amarelo e corou.

Ainda assim, nunca revelou receita completa.

DOMINGO, DIA SEIS

Eram dez horas da manhã quando o telefone de Arnaldo tocou. Ligação do cemitério. Tinha aparecido um problema que o funcionário de plantão não estava conseguindo resolver.

Júlia tinha ido à feira e Geraldine ainda estava de pijama.

— Filha, tenho que ir pro São Bonifácio. Mas não vou demorar.

— Papai, a tia saiu. Posso ir com você?

— Pode.

A menina se surpreendeu com a resposta do pai. Ele não costumava levá-la ao trabalho; não porque não pudesse, mas porque a tia não gostava que Geraldine convivesse naquele ambiente, que considerava triste.

Mais do que rápido, ela se vestiu e apresentou-se na porta de saída.

— Pronto. Podemos ir.

*

Com eficiência e habilidade para lidar com as pessoas, o problema na administração do São Bonifácio – um pequeno erro burocrático que havia resultado em atraso numa cerimônia de despedida – tinha sido coisa simples de Arnaldo resolver.

Como já estavam por lá, o pai achou que não faria mal mostrar à filha alguns dos jazigos mais bonitos, mausoléus de personalidades que recebiam centenas de visitantes e alguns nomes que achava curiosos.

Geraldine olhava tudo com atenção. Nunca havia visto tanto mármore, granito e bronze. Estátuas de Maria com Jesus nos braços, anjos apontando para o céu, cruzes, ampulhetas e flores, muuuuuitas flores, vivas e de plástico. "Que horror, odeio flor de plástico" – pensava a menina. Mas o que mais impressionou Geraldine foi o epitáfio de um senhor que se chamava José; uma frase curta, escrita numa placa simples de metal, centralizada sobre a lápide da sepultura: "Que tudo o que sua mão toque vire vida".

Geraldine foi embora com aquela frase na cabeça. Naquela noite, não conseguiu produzir nenhuma história.

NOITE SETE

Geraldine acordou com dor de cabeça. Na noite anterior, tinha tentado, tentado, mas não pôde concluir nenhum texto. Pensou na frase sobre o túmulo de José. "Que vire vida, que vire vida!" – a ideia lhe provocava o tempo todo. Tinha começado e recomeçado diversos textos. Cada vez que mudava de ideia, uma nova folha de papel era amassada; e a bolinha cheia de letras descartadas voava num arremesso torto rumo à lixeira quadrada.

Tia Júlia entrou no quarto, porque a menina demorava a sair.

– Geraldine, que lerdeza! Vamos que hoje teu pai vai te levar pra escola e ele já está pronto pra sair!

A menina, ainda deitada, mal conseguia levantar os olhos para olhar a tia.

Percebendo a indisposição, Júlia sentou-se na cama e pôs a mão na testa da sobrinha.

– Nossa, você está com febre! Não vai dar pra ir à escola hoje – e gritou: – Arnaldo, pode ir que a Geraldine está com febre. Vou medicá-la e deixá-la descansando. Pode ir tranquilo que eu cuido dela.

O pai veio até o quarto e deu um beijo na filha.

– Fique bem, querida. E, Júlia, me ligue se precisar de alguma coisa.

– Tá bom, Arnaldo. Bom trabalho.

– Tia, será que eu fui picada por algum desses insetos de doença brava? – perguntou Geraldine, logo que o pai saiu.

– Por que, Geraldine? É só uma febrinha.

– Mas e se eu fui picada? – repetiu, meio bêbada de sono, como se estivesse entre sonho e pesadelo.

A tia pegou um antitérmico.

– Tome esse remédio aqui. Olha só. Abra a booooca... Isso! Agora descanse, meu amor, descanse.

A tia ia saindo de mansinho, até que notou a lixeira cheia de papéis amassados. Sorte da menina que estava doente. Júlia só retirou o saquinho plástico, amarrou as pontas, fechou a porta do quarto e jogou as histórias fracassadas no latão de recicláveis.

*

À tarde, foi a vez de Ivonete cuidar de Geraldine. A tia havia deixado mil e uma recomendações à ajudante. Entre elas, a de levar água para a menina de hora em hora e de medir a temperatura a cada par de horas.

Geraldine, já um pouco melhor, queria aproveitar o dia parado para inventar mais algumas histórias e surpreender o pai, mas Ivonete não dava trégua. A cada meia hora entrava no quarto para perguntar como ela estava se sentindo.

– Quer um suquinho?

– Não, Ivonete.

– Uma vitamina, um chazinho? Você não comeu nada no almoço!

– Não, não quero. Obrigada – agradeceu a menina. – Ivonete, você já foi picada por esses mosquitos esquisitos?

– Esquisitos? Esses... pernudos? Ai, Geraldine, nem me fale! Eu tive até febre amarela. Mas por que você quer saber isso?

— Nada não... Acho que sonhei com um mosquito desses.

*

À noite, não teve conversa. A tia ficou de guarda o tempo todo. Jantou, arrumou a cozinha e não se recolheu como de costume. Ficou ali na sala, fazendo todo tipo de pergunta sobre a saúde da menina, até ter certeza de que ela estava bem. Depois disso, contou que tinha ligado para a mãe de uma colega da escola para pegar a tarefa do dia. Geraldine olhou para o pai, desconsolada. A tia fez a pobre resolver as dez questões de ciências, sem direito a reclamação, e ir direto para a cama, a pretexto de uma noite de sono restaurador.

*

Era meia-noite quando Arnaldo ouviu um barulhinho na porta. Acendeu a luminária e viu um papel no chão. Um sorriso brotou em seu rosto: "Essa Geraldine!".

ATAXERXES QUER VER SANGUE

Ataxerxes era viciado naquilo. Não ficava feliz se não visse sangue. Não adiantava ferida de machucado velho ou mancha de esparadrapo de vacina. Tinha que ser bem fresquinho. E provocado por ele. Se fosse em criança, melhor ainda. Nunca vi tanta maldade.

Arrancou sangue do Joãozinho da dona Tereza, em plena luz do dia, lá perto do campinho. Também não poupou o Júnior, nem o Felipe, e até a Rúbia pegou de jeito.

Que raiva todos tinham dele.

E quando o dia ia acabando e começava a chegar o lusco-fusco, então? Todos temiam ainda mais o Ataxerxes. Ficavam de prontidão, desconfiados do mínimo movimento. "Fecha a cortina, Carlos. Não quero saber de visita surpresa. Deus me livre de ver a cara daquele bandidinho!" – dizia a mãe de um dos meninos, o mais perseguido da vizinhança.

Mas Ataxerxes não respeitava ninguém.

Quando menos se esperava, logo vinha a maldita da mutuca, e metia na pele do desavisado o seu terrível biquinho sanguinolento!

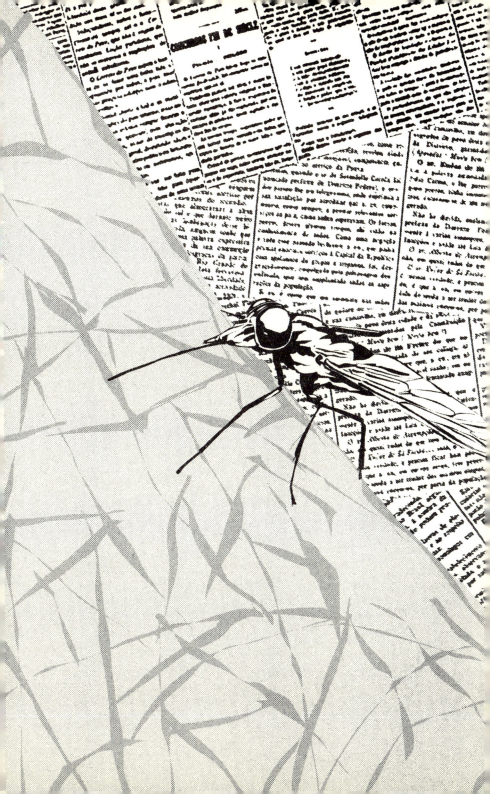

NOITE OITO

Geraldine estava chateada porque, na noite anterior, a luz da sua caneta tinha começado a falhar. Quase não pôde terminar a história do Ataxerxes.

Ela queria pedir ao pai que trouxesse para casa a outra caneta, a que ficava no trabalho; no escritório onde ele, toda manhã, lia as histórias da menina. Mas Arnaldo saiu mais cedo naquele dia e ela nem chegou a vê-lo.

Geraldine passou a manhã na escola e à tarde também não conseguiu falar com o pai. Lembrou-se de que, na véspera, Arnaldo tinha dito que depois do almoço participaria de um treinamento na Prefeitura e que desligaria o celular. "Mesmo que eu conseguisse falar com o papai, ele não voltaria pro São Bonifácio só pra pegar a caneta..." – pensou. A menina só o viu no final da tarde, quando ele chegou em casa, cheio de fome, e foi direto para a cozinha.

*

Depois do jantar, Arnaldo sentou-se no sofá da sala, já comentando a história do Ataxerxes. Corrigiu uma impropriedade científica: só as mutucas fêmeas picam humanos.

— Isso transformaria Ataxerxes em Ataxerxas ou em Ataxerxesa? — riu-se.

Mas Geraldine não estava para piadas e lamentou-se:

— Estou triste. A luz da minha caneta parou de funcionar. Posso usar a sua? Pode me trazer a sua amanhã?

O pai silenciou por um momento e, então, disse:

— E se eu te contasse que perdi a minha... Deixava sempre na minha gaveta do escritório, mas hoje, depois que li a história da mutuca, não a achei mais. Acho que esqueci de guardá-la. Alguém me chamou, eu saí da sala, e quando voltei a caneta já não estava lá. Perguntei pra dona Sônia, pra Judite, pro Márcio, mas ninguém viu nada. A caneta invisível ficou realmente invisível.

— E agora, papai? O que eu vou fazer?

— Calma, filha. Deixa eu ver... acho que guardei o cartão do lugar onde comprei as canetas — disse Arnaldo, revirando a gaveta do móvel onde ficava o telefone. — Aqui está. Vou ligar lá pra reservar mais duas. Amanhã, na hora do almoço, dou um pulinho no shopping e pego as canetas na loja.

— Alô! É da Traquitana Presentes? — perguntou o pai, começando a breve conversa com o vendedor.

Geraldine até já exibia um sorrisinho de alívio, quando Arnaldo disse um murcho: "Ah, tá. Obrigado", e desligou.

— O que foi, papai? — falou, aflita.

— Aquelas que comprei eram as duas últimas unidades da loja, filha. O vendedor me disse que esse tipo de caneta está em falta no país todo.

O mundo de Geraldine caiu.

— Ah, não! Não pode ser! Como assim... acabou? Justo agora?

O pai deu um suspiro comprido, pensando no que dizer. O que poderia falar? Que nada na vida é eterno? Isso ela já sabia.

E a menina prosseguiu:

— A gente podia dar vida a tudo o que a gente colocasse a mão... fosse coisa ou pessoa.

— Filha, suas histórias estão na sua memória... e na minha. E você pode reescrevê-las com qualquer caneta, quando quiser.

E continuou:

— Gente, objeto... As coisas e as pessoas são como sua coleção secreta de histórias. Elas estão ali, podem passar uma vida inteira conosco, mas uma hora: puff! Tudo acaba... e não teremos mais acesso a elas. Então, passarão a viver dentro da nossa memória. E a memória, Geraldine, é a nossa história, é matéria para os nossos sentimentos, é um pouco de nós.

Geraldine sorriu, com olhos de afeto. E alguns segundos se passaram assim: como se os dois estivessem em suspenso; no ar de um entre-vírgulas; numa grande bolha de pensamento.

,**,

A bolha "estourou" com a entrada da tia, que vinha segurando uma caixinha de presente.

— O que é isso, tia?

— Abra! — disse Júlia, entregando-lhe a caixa, com um sorriso largo.

Era um kit de canetas coloridas, com tantas cores diferentes que fariam enlouquecer qualquer artista.

— Suas histórias merecem mil e uma cores, Geraldine.

— Ma... mas, tia? Você andou ouvindo nossas conversas?!

— Dê vida, Geraldine. Dê muitas vidas a seus personagens! — disse a tia.

Geraldine bateu na cabeça.

— Poxa, papai! A tia descobriu. Não acredito! Nosso projeto não foi nada supersecreto! — constatou.

— Júlia, você é mesmo uma águia! — disse Arnaldo.

Os três riram com gosto. E num enorme abraço apertado haviam acabado de criar mais uma grande memória.

***

– Geraldine, – disse tia Júlia – andei pensando, que tal uma história sobre... Florisbundo?

Este livro foi produzido no Laboratório Gráfico Arte & Letra, com impressão em risografia e encadernação manual.